# Lorsque quelqu'un a peur

# When Someone is Afraid

Par/By Valeri Gorbachev

Illustré par/Illustrated by Kostya Gorbachev

STAR BRIGHT BOOKS

CAMBRIDGE MASSACHUSETTS

The name Star Bright Books and the Star Bright Books logo are registered trademarks
of Star Bright Books, Inc. Please visit www.starbrightbooks.com.
For bulk orders, please email: orders@starbrightbooks.com, or call (617) 354-1300.

Translated by wintranslation.

French/English Bilingual Paperback ISBN: 978-1-59572-798-5
Star Bright books / MA/ 00106180
Printed in China / WKT / 9 8 7 6 5 4 3 2 1

Printed on paper from sustainable forests.

LCCN: 2017951840

Lorsqu'une autruche a peur…
elle se cache la tête dans le sable.

When an ostrich is afraid. . .
it buries its head in the sand.

Lorsqu'une girafe a peur…
elle court aussi vite que possible.

When a giraffe is afraid. . .
it runs away as fast as it can.

Lorsque les poissons ont peur...
ils disparaissent.

When fish are afraid. . .
they dart away.

Lorsque les grenouilles ont peur…
elles plongent dans l'étang.

When frogs are afraid. . .
they dive into a pond.

Lorsque les corbeaux ont peur…
ils s'envolent au loin.

When crows are afraid. . .
they fly away.

Lorsqu'un lapin a peur...
il s'élance vers les buissons.

When a rabbit is afraid. . .
it races into the bushes.

Lorsqu'une tortue a peur…
elle rentre dans sa carapace.

When a turtle is afraid. . .
it shrinks into its shell.

Lorsqu'un écureuil a peur…
il grimpe dans un arbre.

When a squirrel is afraid. . .
it scampers up a tree.

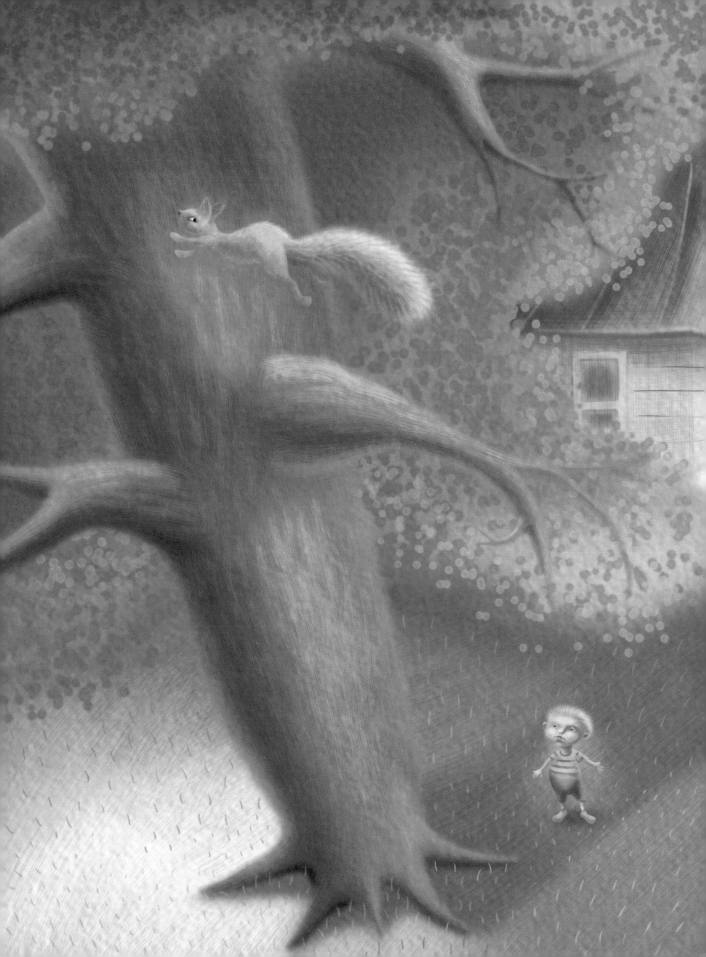

Lorsqu'une souris a peur…
elle se hâte vers un trou.

When a mouse is afraid. . .
it hurries into a hole.

Lorsque mon chaton a peur…
il se cache sous mon lit.

When my kitten is afraid. . .
she hides under my bed.

Lorsque mon chien a peur…
il se cache derrière moi.

When my dog is afraid. . .
he hides behind me.

Et moi quand j'ai peur,
j'appelle maman ou papa.

When I get scared,
I call Mommy or Daddy.

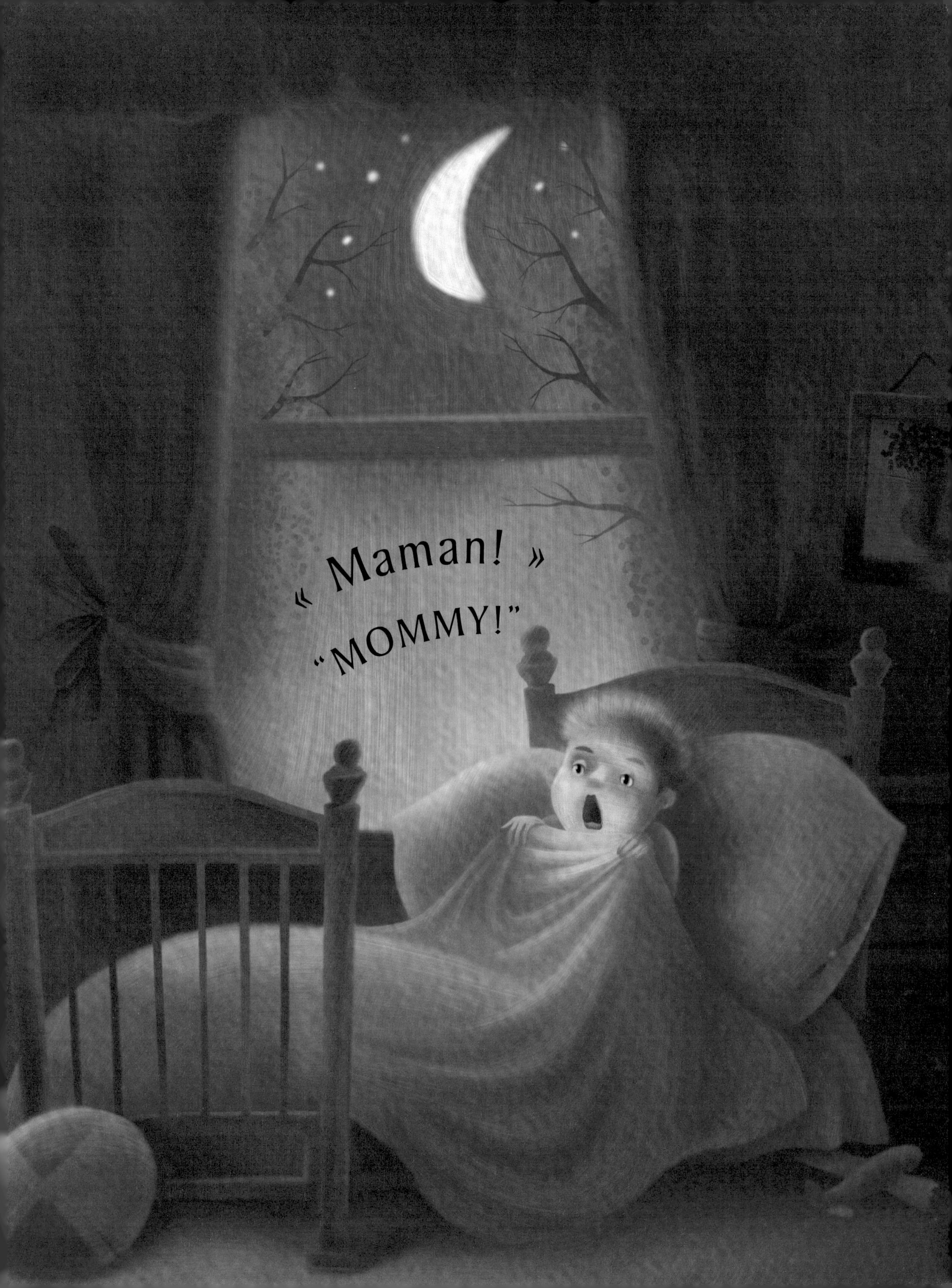

« Maman! »

“MOMMY!”

« Qu'est-ce qui ne
va pas mon chéri? »

"What's wrong,
honey?"

« J'ai fait un
cauchemar. »

"I had a
bad dream."

Maman me fait un câlin…

Mommy gives me a hug. . .

et me donne un bisou…

and a kiss. . .

et je n'ai plus peur du tout.

and I am not afraid anymore.